ayuko oda

海、または迷路　小田鮎子

現代短歌社

目次

Ⅰ

Ⅱ

Ⅲ

Ⅳ

表紙作品　木田　詩子
撮影　佐々木英豊

歌集　海、または迷路

I

いのち

器官ができる重要な時期と諭されて私のなかで蠢く何か

産む機械に喩えられているこの体　産まれてくる子は何なのだろう

「お母さん」と私を初めて呼ぶ人の交付する母子健康手帳

正期産と医師に告げられ家中の暦カウントダウン始める

陣痛を待つというより待ちわびる我よりも母　母よりも父

蚊取線香がなくなるころまでに子どもを産み終えている、必ず

傍らに隅から隅まで読み終えた「出産大百科」を置いて眠る

産まれたての子の爪はすでに伸びていてまずこの爪を切ってあげよう

飲み終えて乳首を舌に押し出せる子が薄目あけわれと目の合う

十日ほど前に二本の歯の生えて乳首嚙んだり引っぱったりする

寝とぼけていてもしっかり飲むのだなごくりごくりと喉になる音

壊すとは人の本能かもしれず子は得意気に積み木を崩す

母乳だけ飲んで半年生きる子と食べなくなって死にゆきし祖父

暗闇の海に出航する船のエンジンの音聞こゆる夜あり

子育て広場

夕暮れになれば近づく薄暗さまず台所から襲い始むる

出所のいつも判らぬ夕飯の匂いわが家にどこからか来る

赤いリボンのダックスフントに公園で続けて会えば「よく会いますね」

名も知らぬ子ども同士が砂場にてトンネルひとつ貫通させつ

公園のカバさんゾウさんキリンさん硬く冷たく動かず笑う

片足の取れしバッタを右足に踏みて潰してしまいしわが子

朝顔の蔓の巻きつくように子が手足絡めてくる昼下がり

風呂の入れ方離乳食の作り方ワンクリックで百通り出る

パソコンのなかなれば夜に盛り上がる子ども不在の子育て広場

薬飲むことにも慣れて夕飯の後に自らわが膝に来る

わが背にてひと日安らに終えし子を降ろせば背中ひんやりとせり

おっぱいを求めて寝返り打ちながら息子は布団より転げ落つ

自転車の前籠に乗る大根と子ども段差に同時に跳ねる

チョコレート子の手の中に溶けていてアンパンマンの顔変形す

真夜中に突如泣き出す幼子がママごめんなさいと呟いている

夢にまでごめんなさいと子に言わす顔を鏡に映して見おり

冬の始まり

ストールに首絞められてふと自滅しそうな今年の冬の始まり

自転車の前と後ろに子を乗せて漕ぎ出すペダル最初が重し

母の手に引かれて列の先にある物が子どもは欲しいのかどうか

玄関をひとたび出れば見しことのなき顔をして夫が歩く

襟立てて銀座の街へ消えてゆく夫追いかけて見たき日もある

制服

制服に初めて袖を通す子に少し長めを選びておりぬ

制帽は三年通して被ります夏用ひとつ冬用ひとつ

気がつけばもうだれからも赤ちゃんと呼ばれなくなりすぐそこに春

スカートの丈の長さを気にしつつ子が滑り台滑り来るなり

ブランコに乗れば自由の身となりて影もブランコ楽しみている

地を離れ宙に浮くこの危うさを子どもにはまだ教えたくない

手を砂に埋め(うず)て砂に温かさあること知れり冬の公園

踏むたびに音たて割るる落葉あり遠きハイチの地震思えば

胎内に還ったように身を丸め記憶の淵に眠りゆく子よ

人肌の温もり保つ便座あり慰められて今日を終えたり

一隻の船漕ぎ出せり夜の闇に子どもが深く息をするとき

次に開くときにはいない友達に手を振るエレベーターの前にて

春雨が夜半（よわ）降り出でてマンションの上の階から静かに濡るる

一斉に動き始むる信号の青を信じて疑わぬ群れ

眠らせておかねばならぬ我ありて春の日溜まり避(よ)けて歩めり

象二頭手のひらに乗る大きさに眺めし動物園の思い出

黒服の列が傍ら過ぐるときスカートの裾握りしめくる

途切れたる会話の間（あい）を縫うように公園脇を電車が走る

大粒の雨を桜の花びらが抱きしめながら落ちてゆくなり

子どものひとりふたりとお昼寝をはじめ今年の花見の終わる

夏の地下鉄

初夏の日射しは白し白骨を日に当てたならきらきら光る

亡き人の乗りし自転車よく見ればサドルが左に少し傾く

声を上げ泣く子に泣くなというような気持ちで梅雨の空を見ている

朝はまだ遠く遠くに思われて娘（むすめ）の氷枕を換える

子を寝かせブラックコーヒー飲みながら取り戻したきことの幾つか

潮風の香り放ちて少年が乗り込みて来る夏の地下鉄

現在と過去とを攪拌させながら副都心線渋谷を目指す

傘を射し帽子被りて陰をゆくいつからか日を拒みて生きる

言葉にはならぬ思いを伝えたい時はカーテンの裾に隠るる

まとわりつく砂の感触知らぬままプールサイドに腰かける子ら

濡れし髪濡らししままに眠り入る夏空よ明日もめいっぱい晴れよ

帰らねばならぬ時間の近づきて砂のお城は壊してしまう

ままごとが終われば動かなくなりてリカちゃん積み木のなかにし埋まる

生き難き世の中なれば駆けっこの順位決めずにおく運動会

巻き寿司の中身すっぽり食べられて何だったろう巻き寿司の中身

ピーマンという物体が嫌いゆえ切りて刻みて混ぜて食べさす

母でなくとも妻でなくとも昼下がり選ぶ秋刀魚の銀（しろがね）の色

おおよその言葉を風に奪われてジグソーパズルのような会話す

ぐらぐらと揺るる前歯を揺らしつつ母を待ちおりもう一年生

抜けし歯は屋根に投ぐると伝え聞く伝え聞くまま子に伝えたり

水銀は静かに上昇しつつあり子の体温に暖められて

桃太郎待合室に読みおれば鬼退治する前に呼ばれつ

ベランダを越えて笛の音(ね)聞こえくるシはまだうまく吹けないらしい

キャラメル

喧嘩して謝らせたる幼子のつむじばかりを追う帰り道

焼き上がるパンを待ちいる窓の外物干竿にタオルが吹かる

柚子浮かぶ風呂に沈めば鎖骨より柚子の香りの広がりてゆく

風呂出でて肌に残れる柚子の香を夫は気づくか気づくか知れず

くしゃみする音の聞こゆる壁ひとつ距つる人にも来る年の暮れ

墓石に積もれる雪の柔らかさ知らずに姉は眠りているか

雪分けて娘の名前を見つけ出し舅（ちち）はゆっくりその文字を撫づ

振り向けば人数分の足跡の墓の前より続く雪道

二〇一一年一月、姑の突然の死

昼過ぎて起きて来ざればようやくに幼子不思議がりて近づく

ばあちゃんの眼鏡の行方気にしつつ幼子献花の列に加わる

擂りかけの大根ありてひっそりと冬の厨に乾きておりぬ

米を磨ぐ水の冷たさおもむろに死という言葉かき混ぜながら

口溶けの良きキャラメルを舐めながらまことに淋し冬の一日は

信号の青を幾つか過ぎて来てしばし見ており人の流れを

Ⅱ

海と迷路

冷やされて銀の器に並べられセロリ右から順序よく食む

春キャベツ手で裂きながら毎日を壊してみたき欲望生まる

ナイフより伝わりてくる赤き実を裂きし感触忘れねばならぬ

桃の花冬の厨でほころべばそのほころびはわれのみぞ知る

幸せと見せたきゆえに指の先春爛漫のネイルを選ぶ

流行りたる少女戦士はやすやすと武器を使いて敵倒したり

鉄棒に子らの集いて持ち上ぐるお尻日ごとに棒に近づく

口内炎出来てしばらく子を叱る時に生まるる小さな無言

逆上がり出来し順よりお姉ちゃん　長女次女三女末っ子

末っ子の役回りなりわれの子は春の芽吹きを逆しまに見る

園庭にわが子を探すわが子だけ探せば迷う深き迷路に

詳しくは知らず互いのことなどはみなママという皮膜を持てば

持ち上げて持ち上げられて進みたる話いつしか雲の上ゆく

騒がしくみな出でゆきてテーブルにバウムクーヘン一片残る

憎しみや妬み増殖する真昼バウムクーヘンほおばりており

幾重にもバウムクーヘン巻かれたりわれは自由と束縛のなか

いろいろのボタン集めし思い出の蘇り来るボタンいろいろ

いつの日か飛び立つ息子思いつつ垂直尾翼をハンカチに縫う

夫まだ帰らぬ夜の縫い針の先端あやしく光を放つ

寄せ返す波に素足を差し出して知りたきことの多し少女は

脱ぎ捨てしサンダル波に奪われて春の砂浜裸足で歩く

どこをどう流れて来しか角取るる青き硝子を陽に透かしみる

繰り返すことのやさしさ春の海夕暮れになるまでを見ており

太陽の溶けてゆきたり海面の橙色に静かに染まる

持ち帰り来し貝殻は手の中に海の香りをかすかに残す

眠れない夜をいったり来たりする波打ち際を歩くごとくに

妻という椅子

東京をふるさとという人と居て高層ビルより眺むる夜景

土よりも雲近ければ手を伸ばし摑みたきもの数多ありけり

東京に暮らせるわれに東京は恐ろしい場所よと母は言いけり

ふるさとはわれのいかなる場所ならんやがてだあれも居なくなる場所

点りつつ蛍は籠のなかに居て長き行列人に作らす

どこからか運ばれてきて東京の光となりぬゲンジボタルも

はみ出さず塗り絵塗ること求むれば寂しき夏の始まりである

白黒はっきりつけばいいのに白黒のピアノのキイを見つめておりぬ

誰にも何も貸したくないと抱え込みおもちゃで吾子の顔は見えない

無いものを出せよ出せよとねだられて子は泣き続く雨の降る窓

無いということの証明出来ぬまま雨の一日に夕暮れが来る

お利口さんと頭を撫でて子の言葉遮りているわれはずるくて

ママ、ママと呼ばれてしているママの仕事誰にでもできるパパにもできる

眠らない子を叱るときにわれの言うちゃんと寝なさいのちゃんとって何だ

平凡と言うべきわれの生活の傍らで子の壊す扇風機

姿無き子の声は棚の奥の方フルーツキャンディ売らるるところ

こんなにも晴れているのに雨という予報のあれば傘を持たする

恨むなら母を恨めよいそいそと母が出てゆく日曜の午後

自転車のペダルは軽しわれのみの重さを確かめつつ踏むペダル

アップルパイ焼いて子を待つ母親となれざるわれに夕闇迫る

迎えに行かねばどうなるだろう預けたるわが子ら二人ネオンはひかる

ポケットの中のどんぐり見せくるる離れていたる時間のどんぐり

あれは銀杏（いちょう）、これは紅葉（もみじ）と指しながら暗がりのなか子らと歩めり

どうしてこうも子は泣くのかと思うとき電話鳴り出しやがて鳴り止む

ぷっつりと電話は切れてこの世界に再びわれと子ども残さる

振り上げし拳をどこへやるという自ら産みし子を殴るのか

長期不在の夫持つ妻ら集うとき料理教室華やいでおり

妻という椅子に深深と腰掛けて飲み干している食前酒（アペリティフ）かな

黒オリーブの塩味の濃さしばらくは夫の帰らぬ日々続きたり

樹海

子とふたり座席に並び外ばかり眺めいる子を見てばかりいる

しかし今ここで泣くかと思えども子は泣くんだな扉の閉まる

ひたぶるに子をなだめつつ乗り継ぎて山手線渋谷駅に着けり

午後四時の公園に来て子とふたりさ迷えりここは樹海のひとつ

子がわれの歌を読みつつ悲しむ日いつの日か来る必ず来べし

出来るだけ子を遠ざけて遠ざけて眠る眠れど夢にも出て来

目覚めたる子に呼ばれたり呼ばるれば起きねばならず眼（まなこ）を開く

桃剝きて夫に出せども要らないと言われ黒ずむ桃の切り口

玄関に蟋蟀鳴けば生まれたり夫婦の会話しばらく振りに

おっぱいももう出なくなり触れさせるだけのわたしの乳房の行方

しんくんママでなければ何であるわれか安い食用油を探す

わが家のもっとも広き窓の辺にツリー飾りて電球点す

声合わせ歌いて踊る悪役のおらぬ子どものクリスマス劇

アップルパイ焼いて子を待つ母持ちし夫高らかに聖歌をうたう

熱帯魚泳いで居たり東京の沖縄料理店の窓ぎわ

テーブルにゴーヤチャンプル運ばれてしばしゴーヤが話題にのぼる

スクリーンに映し出されて沖縄の海と言われて見る海がある

夜になれば賑わう場所に生きていてこの魚たちはいつ眠るのか

泳ぎいる魚(さかな)はどれも美しく東京が作り出す美(ちゅ)らの海

水槽に泳ぐ魚を目に追いいて会話いくつか間遠になりぬ

酔っぱらいにわが性根をば否定さる海ぶどう舌で潰しつつ聞く

水槽のガラスにわれの映るとき歪む輪郭　透き通りつつ

自動ドア出でて夜風に吹かれたり東京にまだ遠き春かな

母の日

最優先されて在りたり母の日は壁いっぱいの母の似顔絵

われもまたしんくんママの顔をして見て居るだろう子のお遊戯を

子がわれに作りてくれし折り紙のネックレスをば首よりかける

母の日を過ぐれば安く売られおり花屋に並ぶカーネーションは

額突(ぬかづ)けば聖母マリアの足の見ゆかくも母とは苦しきものを

十字架の前にわなわな崩れ落つ越え難きわが境の在りて

母ということのおかしさ母の日はよその人までわれに礼言う

われもまた母の子であるとこしえに女が子どもを産むということ

家族像

仰向けに寝かされ白布かけられてわが髪の今洗われんとす

白布の向こうに動く影見えてその影がわが髪をば洗う

わが顔にかけられし布息を吐くたびにわずかに上下に動く

美容師は選び来たれり書棚よりわがためのミセス雑誌数冊

磨かれて鋭く長く尖りおりポーズ決めいる女の爪は

キッチンでにっこり笑えば擦り込まる幸せな家族像というもの

職業のなきわれゆえに契約は夫の名前を書かされている

鍋の焦げ擦りつつ思う泣きやまぬ首を絞めむと手を伸ばすとき

自らをママと呼びつつおのずからママに侵食されゆくらしも

子のことばかり浮かびてさびし為すことに優先順位を付けていくとき

帰り路を急いでおりぬ母という魔物のごときもの摑み来て

疑うということ知らねばひたすらに祈れと言えり夫はわれにも

マリアマリアあなたに背くわたくしか母を疑う心を持てば

マリア像どのマリア像も微笑みてわれを見下ろす母とは何ぞ

クリスマスプレゼント

おもちゃ売り場に高く積まれて銃剣は聖なる夜に配らるるらし

皆同じ紙に包まれ用意され出荷のごとくプレゼントあり

渡したき子のあるゆえにおもちゃ売り場囲む二重三重の垣

ためらえば横より別の手の伸びて買われてゆけり子どものおもちゃ

銃口はわれを狙えり引き金を引かれ射抜かるる時も間近し

子の書きしサンタクロースへの手紙国語辞典に挟みて仕舞う

ケーキ売る列に並べば曇天はわれの内より広がりてゆく

ナイフ二度入れて等しく分けられしケーキを前に夫と子とわれ

卒園式

三年で十三センチ伸びました内田先生喜びくるる

巣立つというには早き幼子のひとまず巣立つ幼稚園をば

細細（こまごま）としたことはまだ理解せぬ子も泣き始む卒園式に

壇上に子が上がるとき子の親はカメラ構えてシャッターを切る

はなやぎを少し離れて見ていたりお遊戯室にくらき隅あり

明日よりは来ぬ園庭に子どもらの見つけし桜小さき蕾

選択し別れゆくなり散り散りに小学校へ東京の子ら

三年間子の着し制服壁に掛く明日からは袖通さぬ制服

履歴書

履歴書を書かんとすれば七年の空白ありて現在に至る

子に何かあれば仕事は休みます例えば行事例えば病気

「誰にでも出来る仕事」に断られまた書き始む次の履歴書

自らの名前の欄に子の名前書きて間違う七年を経て

夫知らず履歴書をわが書きしことも不採用通知届きしことも

不採用通知届きし夕暮れも時間通りに飯炊き上ぐる

朝食わせ昼も食わせて夜も食わす食わするためにのみ時間過ぐ

優先席

住宅の建ち上がるまでは集い来て仕事場とする労働者あり

降り来る雨に濡るれば作業員日に焼けし顔をタオルに拭う

ポケットに子の持ち歩くダンプカー今朝は見ており建設現場に

昼どきになれば自ら舗装せし路に坐りて飯食い始む

いつまでも慣れぬわれわれかもわが廻りまとわりつきし子どもを払う

進みても進みても縁（ふち）を廻るのみバケツの中の金魚見ており

ホームにて子を叱るとき遠巻きにわれとわが子は見られておりぬ

ありふれし場面のひとつ母われが駅のホームに子どもを叱る

幼子といつまで呼ぶか電車にて黙りて坐る子を見つめつつ

守られて生きねばならぬ淋しさよ優先席はぽっかり空きて

降っているから取り止むる外出ぞそれほどのものわが用などは

子守りして一日籠もるに帰り来し夫は今日の猛暑を嘆く

先生はみんなを見ねばならぬゆえわれは見つむるわれの子だけを

四十分の一となり子は教室の椅子に腰掛く国語始まる

天草の家

抱えられ五右衛門風呂に入れられしことありきわが幼き頃に

底板を踏みつつ沈めつつ入りぬ真黒き縁（ふち）の五右衛門風呂に

底ひより熱さ浸み来て風呂釜の真ん中に体動かさずあり

一本の薪燃え果つる時の間(ま)の怒りのごとき熱さ伝わる

風呂に入れば薪を一本焼(く)べくれし母ありき父ありき天草に

風呂釜の下より母の「湯加減はどがんね」と問いくれたりし声

外に干す洗濯物に薪燃ゆる匂い染み込みし冬の枯庭

わが机兄の机もそのままに残されてある天草の家

ママが悪い

公園に子どもの数だけ親の数ありて坐れる距離保ちつつ

視線みな画面に向きて公園に居るようで居ない親のひと群れ

ブランコを漕ぐ子に手を振る左手にスマートフォンを操りながら

電線のたるみばかりが目に付きて冬青き空　帰りの路に

申し訳なさそうに夫に預くればママが悪いと子は思うらむ

「三時まで」われの書きたる履歴書に赤き傍線引かれてありぬ

五年後もパート雇用を望むかと問われて思うわれの五年後

扶養控除の範囲内にて働くを差し当たりすすむ面接官は

パートさんと呼ばれて過ごす五時間のわれにあり白きエプロンをして

店頭に風見鶏二本立つること仕事始めにわが命じらる

人並みの暮らしというを再現しおままごとセット売られておりぬ

子の病めば今日の欠勤申し出てパートさんゆえ了承をさる

欠勤の続きたるのち週三の仕事週二に減らされている

熱のある子を五日ほど看取るうち雪解けており隅の隅まで

戦意

風過ぎしのちも静かに揺れている梢に青き梅の実つけて

二〇一四年五月十五日、集団的自衛権の行使容認に向けた首相の記者会見

お子さんがお孫さんがと政治家は譫言(うわごと)のごとく何度も言いき

パネルには母と子と描かれて惨めなり汝は弱しと蔑されにけり

チャンネルを替えても替えても安倍総理映し出されて続きを語る

「必要最小限度」などはあらず武力を用うるは皆戦争である

戦争の始まりはどのようなものであったか古き新聞を図書館に見る

東京新聞

「戦地に国民」という大見出し首相会見終わりしのちに

戦争に行くかも知れぬわが息子おもちゃの銃を打ちつつ遊ぶ

同五月二十四日、青森・三沢基地

静かに静かに米軍無人偵察機（グローバルホーク）着陸す首相会見して十日のち

ためらわず迷わず枝を切り落とす庭師の鋏よく動きつつ

残すもの残さぬものを次次に選り分けてゆく庭師の仕事

細枝(しもと)一本また一本と落とされて庭に日差しは戻り来るなり

同七月一日、集団的自衛権の行使容認が閣議決定、その後の首相会見

慎重を期すると言いしが手を挙ぐる人を残して退出したり

テレビ画面に映る抗議のデモを見るママと呼ばれて返事をしつつ

電車ならば何分ぐらいで着くのだろう官邸前とわが家の距離

物見客のひとりのごとくデモを見るテレビ画面のこちら側にて

官邸を取り囲み抗議する声もテレビを消せば消えてしまいぬ

一日中テレビの音は聞こゆれど人の声せず隣の家に

遠き国のことにはあらず子に見するテレビ画面を行き交う戦車

今晩の献立のほか煩いのなきわれ思うこの国の行方

ためらいてペンを止むればペン先にインク溜りて紙滲みたり

繰り返し固有の領土と聞かされてわが胸奥に兆す戦意は

願い事結びし笹を片付けて七月八日朝始まれり

岸壁

海面に垂らす釣糸その糸の引きを待つとき皆沈黙す

釣りをすと坐れるわれに通るひと声かけくるる天草なれば

岸壁の端（はた）にし坐り父は見つわが鰺釣るを煙草咥えて

釣り上げし鰺の跳ぬるを「生きている」子は驚きて見ているばかり

釣糸を垂らせばすぐに釣竿を伝わりてくる糸引く感触

漁港より間近に見ゆる中学校校舎にわれはかつて学びき

廃校になった校舎が再利用されているのはわずかという

教室に畳を敷いて学舎（まなびや）は宿泊施設「ブルーアイランド」

大きなる浴槽据うる浴場は木工学びし技術室なり

古き聖書

横たわる身より伸びたる細腕(ほそかいな)掬うがごとくわが手に包む

御ミサにも行けなくなってしまったと寝たきりの伯母は呟きにけり

真白いレースに古き聖書置く眼（まなこ）見えざる伯母の枕辺

蜜柑箱に乗りて滑りし天草の山肌今は草の繁れる

家移りをいくたびか繰り返すうち見えなくなりき蛇の抜け殻

祭壇の前に鎖は渡されて立ち入り禁止の札揺れており

信仰はいかにか見えむカメラ提げミサ見学をのぞむ人らに

あけがたを響かう大江教会の鐘の音にわがゆっくり目覚む

窓際の雨

段ボール箱積むリビングに子どもらと体寄せ合い夕飯を摂る

夕飯を短く済ませ荷造りを再び始む子供部屋より

日の射さぬ部屋の冷たき床板を膝を擦りつつ這いつつ拭けり

窓際の雨の音する夕暮れに凭れておりぬ少し疲れて

柔らかき子の傍らに眠るとき崩れそうになるわが信念は

統一地方選挙

ありきたりの言葉並べて候補者の顔みなどれも同じに見ゆる

選挙権なき夫とわれと公園のベンチに坐り夕暮れを待つ

何に執着する心はや東京を去らんとすればわが惑いつつ

Ⅲ

日にちに聞く

少しずつ狭まりてゆく坂道を昼の日差しを浴みつつ歩む

一二三一名

平和町自治会掲示板に貼られたり原爆無縁死没者名簿

このグループはやけに騒しきグループぞ平和学習する子ら見つつ

連ねたる観光バスのその向こう原爆資料館の赤レンガ見ゆ

原爆投下時刻象（かたど）るモニュメント物干し場より見るにも慣れぬ

原爆資料館

長崎型原爆(ファットマン)塗り直されてライト浴ぶ輝くごとき黄の色をして

戦争の悲惨を語り出でむとし苦しみに舅(ちち)の声震わする

自らの身を抉り出すごときかな戦争の悲惨語るというは

蟬声も皆一斉に途絶えたか原子爆弾落ちたるのちは

戦争も原爆も知らぬわが言葉いずれもむなし舅の前にて

舅(ちち)は当時十一歳

母の骨拾い集めて入れしとぞ碗の形を両手に作る

修道院白壁の面(も)に日は射せり空覆いたる雲の千切れて

硝子窓開くれば蟬の鳴く声の重なり合いてわが耳に迫る

原爆のことは東京に年に二(ふた)、三(み)たび長崎に居ては日にちに聞く

あわただしくカメラ・クルーが原爆の日を取材して教会を去る

八月九日過ぐれば祭りの後のごとひそまりにけり巷も人も

雨後の道飛沫上げつつ過ぎたるをわが見送れり夜のタクシー

窓枠の形に光浮かびおりブラインドより灯りの透けて

あなたが嫌いと眼鏡の奥から言われているこの人と話すときはいつでも

洗濯物が良く乾くというそれだけで平和と思う馬鹿かわたしは

リビングに朝の光の差し込みて床板の傷おびただしけれ

袖口のいまだ湿れる一枚を残して洗濯物を取り込む

「おかえり」と迎ふるうちに過ぎにけり安保法案参議院委員会可決

雪

降り出だす初しら雪にガラス窓開けてしばらく耳を澄ませり

冷えびえと空気が顔を覆うなり雪に触れんと窓を開くれば

灯り消し窓辺に寄れり外に降る雪の白さを確かめたくて

吹雪けるを外(と)の面(も)に見つつようやくにこころ静めて眠りを待てり

人絶えて音も絶えたる浦上に雪降り積もり夜更けに及ぶ

沈黙

「草も木も生えぬ」と言われて七十年楠の瑞枝のみどりうつくし

少年のこの純粋よ祭壇の蠟燭に火を点す姿よ

生き延びて舅(ちち)の見て来し数々の死を思うなり冷ゆる朝(あした)は

おびただしき死の上にわれらいまを生く土に埋もるるしら骨思う

九条は、などと言いかけて口つぐむ訝りて人のわれを見たれば

憲法の危機訴うる学者ありて聴衆ときに嘲り笑う

唐突にそこは戦場　空港に地下鉄に白き煙のぼれば

人に紛れて叫べどもわが声はわが声にして「十字架につけろ」

舅（ちち）の言葉に応うる言葉をわが持たず黙りこくりて聞いているなり

戦争を否定すれども戦争を生き抜きたるという舅の自負

ハンナ・アーレント

「凡庸な悪」にわが身は染まりゆく沈黙をいま決めてしまえば

浦上

冷えているネーブル口に含みつつ昼の眠気を覚ましていたり

観念せよと声のするなりテーブルに重き頭を伏せているとき

タオル干す手を止めて見つ鉄筋の高き足場をゆく身軽さを

顧みるおのが歩みよいつだって中途半端と母に言われて

朝冷えて上着一枚羽織りつつ外に出づれば雨の匂いす

雨晴れて土やわらかしつるバラの支柱差し込む鉢の奥まで

長崎に居るということ原爆碑見るということ日毎見ること

原爆に死にたる人は数日ののちの日本の降伏知らず

静かなるいっぽんの木のさみしさに坂の途中を引き返したり

驚かず雨を待つなり「雨雲が近づいています」メールを受けて

長雨ののちの日差しを身に受けて浦上川を沿いつつ歩む

朝顔の昨日咲かぬが今朝咲きて青き色見ゆバス近づけば

剝き出しの斜面の上に家二棟倒壊を待つごとしカメラは

静まれる部屋にわずかに風動き昼の熱気のおさまりゆくか

霧雨を浴びて歩めば雨粒の重きを両の睫毛に感ず

自らの足歩ませず地図の上の明治通りをクリックしたり

裏山の竹打ち合うを頭より布団被りて聞きしことあり

軒下に雨を見上げているときに差し出されたる一本の傘

一足先に福岡へ赴任する

明日よりは居らぬ男がリビングのソファに眠る深く沈みて

降る雨の激しきに空見上ぐれば向かいの人も出で来て見上ぐ

秋雨は等しく降れり崩れたる赤き煉瓦の色を深めて

眼前の廃るる町を撮りながら私は何を残したいのか

たまたまに雲の切れ間の下に見え被爆地となる浦上ここは

開きたる扉いくつも見送りぬ行く当てもなくバス停に立ち

Ⅳ

西新七丁目

ビルディング建ち並ぶなかの一隅にわが生活は始まらんとす

窓外に聞こゆる声の若くして明るくあれば眠気覚めゆく

明治通りに昭和通りが合わさりて明治通りがわが家に続く

風強く窓を揺らせば暗闇にわれは聞きおりその揺るる音

夜更けて車の行き来絶えたるに冴えて時計の秒針動く

リビングの木質床材(フローリング)の薄氷を素足に歩く朝起き出でて

エレベーターの閉(とじる)ボタンを何回も押して男は扉を閉ずる

青鈍(あおにび)にアスファルト路濡れている薬院駅の改札出れば

飲みかけの朝のコーヒー冷えたるが置かれてありつ昼過ぐるまで

マンションの階段は常に灯されて時折人の歩みを映す

窓外のビルの灯りが眠るまでわれを照らせり疲るるわれを

照明灯

ビルの間に陽の沈みゆく夕暮れの景にも慣れて三月が過ぐ

リズム良き音楽鳴らし砂浜は人の歩みをしばらくとどむ

アイスクリームショップの幟旗揺れる賑わう前の浜のひととき

歩むとき背負うリュックの水筒に氷涼しき音を立てたり

持ち来たる水を飲み干し引き返す今日の歩みをここまでとして

信号の変わるまで見つ教室の壁に貼らるる必勝の文字

自転車を盗まれてよりそののちの眺めにいつも自転車のこと

扇子もてあおぐに生まれつつ風は女の髪をわずかに揺らす

電源を落とししのちの液晶の画面に深き淵は浮かび来

夜更けて舗装工事は始まれり照明灯に路を照らして

卓上に浅き眠りをするときの夢に天草の海のことなど

赤き首輪

牛乳と卵と豆腐頼まるる帰ると天草に電話をすれば

内海の凪に鷗の群れながら浮かべるが見ゆ渡るフェリーに

朝早く畑に採りたる大根を擂りおろしゆく朝食のため

形見とて傍らに置く一生を死ぬまで縛りし赤き首輪を

こんなにも母を泣かせて犬は死ぬ子のわれよりも長く暮らして

イヤホン

朝早く仕事に出づればランニングする人多し百道(ももち)の浜に

冷え切らぬ握り飯二つ通勤の鞄に詰めて地下鉄に乗る

男子便所の硝子は割れて廊下より並ぶ便器の白きが見ゆる

男子便所の硝子割りたる右の手の痛み思えり朝の廊下に

おずおずとイヤホン耳より外す子は身を固めたる鎧脱ぐごと

疑わずわれを教師と思うとき生徒が見する微かなる笑み

美しく消されておりぬ教室の黒板は文字の跡を残さず

定まらぬ顔と名前を合わせつつ自習する子の机をめぐる

退学の知らせを聞きてその顔を思いつつ居り顔の輪郭

教室の端の生徒がペンシルをかちかち鳴らす終業近し

週三日来て働けば少しずつこの町の人になりゆくわれか

守りたきもの

五階よりいっぱいに伸ばす手のひらに触れては消ゆる雪を確かむ

雪踏みて進むタイヤの音を聞く布団のなかに眠り待つ間に

店頭に並べらるるを待つバナナ箱よりわずかにその黄色見ゆ

トラックの往来がまず始まりて明治通りに朝近づきぬ

眠る子を家に残してミサに行く守りたきものばかりが増える

降る雨はベンチを濡らす夜一夜横たわりたる人を離して

日本語を母国語とせぬ店員がわが弁当を温めて渡す

散りしのち枝に緑の葉は萌えて春の日差しを遮りくるる

砂浜に遊ぶ家族を離れきてしばらく眺む庇の影に

銀色に光るものあり砂浜に近づき見れば菓子の袋が

サッカーの試合を終えし子どもより砂落つ体の一部のごとく

隣室の扉を開く音のして続く足音トイレに向かう

壁ひとつ隔てて眠るわが夫のいま寝返りをうつらし聞こゆ

思い出せないほど海を見ていない天草の海まだ帰れない

『月明りの下　僕は君を見つけ出す』抄

投げ捨ててしまえば煙草も人生も同じものだよ君が呟く

どうやってサボるかばかり考える講義で教師の資格を取りぬ

一枚の重みと換えられてしまうか我の生きざま履歴書として

ブランドのもので覆って悟られぬようにしている心の値段

空を飛ぶ羽を持たねど世の中はなんとかなるってことなんでしょう

高速を走る会話もなきままに夕暮れてゆく空に向かって

君の瞳に映るセビーリャの空に繋がる空を我は見ている

会いたくてあなたに会いに行きたくて見送る飛行機雲の切れ端

週末を誰に捧げることもなくバラの香りの石鹸を出す

潮受け堤防閉め切りから四年

諫早に干潟が昔あったって言うなよおとぎ話みたいに

太陽が僕らの敵になってゆく本当の敵は見えないままに

水面を隔てる鉄の塊のコスモスに化けて立つ干拓地

おかえりと迎えてくれる人がいて長崎もまたふるさととなる

寄せ返す波に流せば忘らるるそんな小さなことなどすぐに

お前には任せられないよと言われながら二人で並ぶキッチン

膨らみを触りてやまぬ君の手の太きに心熱くなりゆく

セックスをしたあとの君のこの胸の高鳴りが好きひとつになって

なにもかもあずけたように目を閉じるあなたをそっと殺したくなる

抱き合えばいよいよわからなくなって顔も形も名前も声も

約束はいくつ交わして来ただろう叶わぬことを知っていながら

まるで初めて見たかのように驚いて今日の夕日を君と見ている

乱暴に鍵を返したことなどをふと思い出す三日月の夜

あのときに「好きだ」と言えばよかったな二度と会えなくなった今では

跋

阿木津　英

小田鮎子さんは、石田比呂志最晩年の若き弟子であった。「牙」に入会した頃は東京に住んでいたようだが、わたしとは交流は無かった。まもなく二〇一一年二月に石田比呂志が没し、その年の第二十六回短歌現代新人賞を小田鮎子さんは「迷路」三〇首をもって受賞した。選考委員の一人をつとめたわたしはむしろ消極的で、若い母親の生活と気持ちがよくあらわれていると春日真木子氏の強い推薦があったのである。

ストールに首絞められてふと自滅しそうな今年の冬の始まり
襟立てて銀座の街へ消えてゆく夫追いかけて見たき日もある
眠らせておかねばならぬ我ありて春の日溜まり避(よ)けて歩めり
春キャベツ手で裂きながら毎日を壊してみたき欲望生まる
園庭にわが子を探すわが子だけ探せば迷う深き迷路に

前三首は「牙」に出詠したもの。あとの三首は「迷路」から。成長してゆく子どもとの生活を多くうたった歌のなかに、このような葛藤の歌が混じる。小田さんの歌はさらりさらりとした淡泊な味わいで、重くれていない。このような葛藤の歌も読み過ごしてしまいそうになるほどだが、わたしがわたしであるということに覚醒した者が、母として妻としての役割を生の枷のように嵌められる嘆き――この今の世にもいまだに変わらぬ――を、きちんとうたいとめている。

額突(ぬかづ)けば聖母マリアの足の見ゆかくも母とは苦しきものを
夫知らず履歴書をわが書きしことも不採用通知届きしことも

これまでにも、「家庭」という檻のなかに子どもと閉じ込められる苦しみや嘆きをうたった歌はなかったわけではない。母として子どものありようを様々な角度からうたう歌は、いうまでもなく多い。しかし、鮎子さんの母としての歌は「わが子だけ探せば迷う深き迷路に」というように、「わが子だけ」を見つめることは人間としての「迷路」に入ってゆくことだという自覚のあるところに特長があり、一歩の新がある。母として妻としての枷から逃れて自己実現をはかりたいという欲求は当然あるとしても、そこに終わらない。「わが子だけ」、自分だけ、これは多く無意識のうちにうごく欲望である。そういう一筋にわが子をのみ見詰める歌の多いなかで、鮎子さんの歌には、「わが子だけ」、自分だけといった発想が根本にない。社会批評というような鋭い角度をもつものではなく、ごく自然にそれがないのだ。いつも相対化することのできるまなざしをもっている。

誰にも何も貸したくないと抱え込みおもちゃで吾子の顔は見えない
われもまたしんくんママの顔をして見て居るだろう子のお遊戯を

妻という椅子に深深と腰掛けて飲み干している食前酒（アペリティフ）かな

こういう平らかなまなざしが、おのずから社会や政治への関心へと向かわせるのである。

官邸を取り囲み抗議する声もテレビを消せば消えてしまいぬ

人に紛れて叫べどもわが声はわが声にして「十字架につけろ」

ハンナ・アーレント

「凡庸な悪」にわが身は染まりゆく沈黙をいま決めてしまえば

ところで、この歌集のもう一つの魅力は、ふるさと天草の海とそこに住むなつかしい父母や醇朴な近隣の人々である。小田さんは、天草の隠れキリシタンの里といわれる大江で生まれた。わたしは若い日に一度大江天主堂を訪れたことがあるが、三時間に一本バスがあるかないかといった鄙びたところで、小高い傾斜地に忽然としてといったように白い大江天主堂が建っていた。その立派な造りを見て、この地の信仰の深さがうかがえるような思いがしたものだ。ちょうど正午になるところで、若い異国人の神父が小走りに礼拝堂へ鐘を鳴らしに来たことを覚えている。

小田さんにこの話をすると、「わたしはその大江天主堂の売店で育ちました」という。小田さん一家は天主堂の近くに住んでおり、観光客相手の売店に母親がつとめていた。宗教は違ったが、小学校から帰るといつも教会学校でシスターに教えを受けたり友達と遊んだりしたという。

風呂釜の下より母の「湯加減はどがんね」と問いくれたりし声
釣りをすと坐れるわれに通るひと声かけくるる天草なれば
あけがたを響かう大江教会の鐘の音にわがゆっくり目覚む

いうまでもなく、この大江天主堂は、明治四十年夏、まだ学生だった北原白秋・吉井勇・太田正雄（木下杢太郎）・平野万里、それに新詩社主幹の与謝野寛を加えた五人が九州旅行をしたとき、「パアテルさんは何処に居る」（白秋）とうたって難儀な道を歩き、フランス人のガルニエ神父に面会をしたその教会である。この「五足の靴」の旅のことはながく忘れ去られていたが、敗戦後、昭和二十四年に野田宇太郎が『パンの会』を出版して紀行文『五足の靴』を世に紹介した。ちょうど同じ頃、地元で資料を探索していたのが浜名志松である。浜名は吉井勇に手紙を書き、野田宇太郎著『パンの会』を紹介される。野田が天草を訪れたとき、浜名は大江村の中学校教師をしていて周辺を案内したという。

この浜名志松が、小田鮎子さんの祖父である。浜名志松は、地元でも誰も知らなかった『五足の靴』の足跡を現在のようにひろく知らしめ顕彰に貢献した人だが、白秋たちの出会ったガルニエ神父の生涯がどんなに献身的に地元の人々につくしたものだったか、伝えた人でもあった。ガルニエ神父は、大江教会に五十年間を在任して、故国フランスに一度も帰ることなく、貧しい大江の村人のために人類愛をもって身を捧げたひとである。浜名が大江青年学校の教師をしていた頃、昭和十七年一月ガルニエ神父が昇天なされた。生徒たちの話からいかに地域の人々の心のよりどころであったかを知り、信者に聞き取りを始め、改宗したいと思うほどに心酔していったという。白秋たちに「茂助善(もうすけえよ)か水を汲んで来なしゃれ」と言ったその「茂助」もまだ生きていた頃である。浜名志松著『天草の土となりて　ガルニエ神父の生涯』に詳しいが、大江の地は、このような人間であることの「希望」が染み込んだところであった。そこで生まれ、少女として育った小田鮎子さんである。

浜名志松は歌誌「創作」同人でもあり、地元で短歌会「岬」を主宰していた。子どもの頃から短歌になじんで育ったのだろう、附録として収録した『月明りの下　僕は君を見つけ出す』抄を見れば、早くから歌の骨法を身につけていたことがわかる。大学生の頃にたった一人でつくった歌だというが、ちょっと俵万智風のかろやかな口語基調で青春の哀歓をいきいきとあらわしている。そのなかにも、すでに「潮受け堤防閉め切りから四年」という詞書をもつ、次のような歌があった。

諫早に干潟が昔あったって言うなよおとぎ話みたいに
水面を隔てる鉄の塊のコスモスに化けて立つ干拓地

鮎子さんには、政治や社会への関心がごく自然に身についていた。

この歌集『海、または迷路』を手にとった読者は、現代の「天草の蜜の少女(おとめ)」(白秋)としてすなおにのびのびと生い立ち、恋人を得、母となって、世に日々を経るにつれ、みるみるうちにひらく花のような成長する姿を見ることだろう。

あとがき

本歌集は、二〇〇九年に入会した「牙」と、解散後は「八雁」に所属して発表した作品、および「現代短歌」などに発表した四一三首をおおよそ年代順に並べた。歌集に入れるにあたり手を加えたものもある。

二〇〇八年、出産のため里帰りした天草から投稿した「いのち」十首で熊本県民文芸賞を受賞、このときの審査員の一人が石田比呂志氏だった。それが「牙」入会のきっかけとなった。Ⅱの冒頭「海と迷路」は、第二六回短歌現代新人賞受賞作品から三首を落として収録した。Ⅲは七年間の東京での生活を終え、長崎へ転居してから詠んだもの、さらに福岡へ転居した二〇一七年から、Ⅳの作品が始まる。

十八歳のころ、熊本天草で短歌結社「岬」を主宰していた祖父に勧められて短歌を詠み始めた。結社に入らず、誰にも教わらず、ひとりで歌を詠んでいた。ただただ若く、幼く、無知なわたしであった。拙いながらも言葉は溢れ、思いは溢れ、それを夢中で歌にした。湧き上がる思いをわたし自身が受け止める術を持たず、やみくもに求め、奪い、傷つき、傷つけていたと思う。そして、無知なまま二〇〇三年、大学生だった二十歳ごろから就職したばかりの二十三歳までの九十二首を集めて私家版歌集『月明りの下　僕は君を見つけ出す』をまとめた。出版したあと、その頃のことを忘れたい気持ちと忘れたくない気持ちとが入り混じり、またおのれの無知への恥ずかしさからもう二度と開くまいと思った。

　その後、石田さんに出会い、阿木津さんに出会い、歌とは何かということを初めて考える時間が始まった。乱暴に言葉を並べ、書き殴るのではなく、言葉を知り、歌を知ろうとし、何より自分と正直に向き合うことの大切さを知った。

それは自らを生きるということであった。わたしの歌の本当の出発はここからである。ゆえに、若書きの私家版歌集から二十三首を選んで『月明りの下　僕は君を見つけ出す』抄として巻末に付し、本歌集をわたしの第一歌集とする。

高校進学のため、天草の親元を離れたのが十五歳、それからはそれぞれの土地で多くの方々に支えられた。結婚して、神戸、東京、長崎、福岡と住まいを替えながら過ごした時間は迷いの多い日々だったが、そのなかでも、一九四五年八月六日、広島の原子爆弾によって家族を失った舅の戦争体験を直接聞き、そののちの生き方を身近に感じることができたことは、わたしの考えを大きく変えるきっかけとなった。

今は亡き「牙」の石田比呂志氏に感謝申し上げる。出版に際しお力をいただいた現代短歌社の真野少さん、八雁短歌会の皆さんにも心から感謝したい。最後に、ご指導くださる「八雁」の阿木津英さんにお礼を言いたい。悩み苦しむとき、阿木津さんのご自宅に集まって「八雁」の編集に励んだ時間を思い出す。帰るところがある、待っていてくれる人がいる、このことはわたしのくじけそうになる心を強めてくれる。

二〇一九年七月

著者略歴

小田鮎子（おだ・あゆこ）

1978年　熊本県天草町生まれ
2001年　長崎大学教育学部卒
2001年～2006年
　長崎放送、NHK熊本放送局にてキャスターを勤める
2003年　92首をもって私家版『月あかりの下　僕は君を見つけ出す』出版
2009年　「牙」入会
2011年　第26回短歌現代新人賞受賞
2012年　「八雁」創刊号より参加、現在に至る

福岡市在住

歌集　海、または迷路

発行日　二〇一九年十二月三日
著　者　小田鮎子
〒八一四―〇〇〇二
福岡市早良区西新七丁目一―十二―五〇二
発行人　真野　少
発　行　現代短歌社
〒一七一―〇〇三一
東京都豊島区目白二―八―二
電話　〇三―六九〇三―一四〇〇
発　売　三本木書院
〒六〇二―〇八六二
京都市上京区河原町通丸太町上る出水町二八四
装　丁　かじたにデザイン
印　刷　日本ハイコム
製　本　新里製本所

ISBN978-4-86534-308-3 C0092 ¥2500E

gift10叢書 第25篇
この本の売上の10％は
全国コミュニティ財団協会を通じ、
明日のよりよい社会のために
役立てられます